J'apprends à lire avec Sami et Julie

CE1

La pyjama party de Julie

Texte
Emmanuelle Massonaud

Illustratior
Thérèse Bo

W0214440

hachette
ÉDUCATION

Couverture : Mélissa Chalot
Réalisation de la couverture : Sylvie Fécamp
Maquette intérieure : Mélissa Chalot
Mise en pages : Typo-Virgule
Illustrations : Thérèse Bonté
Édition : Laurence Lesbre
Relecture ortho-typo : Jean-Pierre Leblan

ISBN : 978-2-01-708316-0
© Hachette Livre 2019.

Tous droits de traduction, de reproduction
et d'adaptation réservés pour tous pays.

Achevé d'imprimer en Espagne par Unigraf
Dépôt légal : Août 2019 - Édition 01 - 76/5822/1

Les personnages de l'histoire

Papa, Julie et Léna sont en cuisine pour préparer le dîner de la pyjama party de Julie.

– Voilà, les filles, les crudités et les mini-pizzas sont prêtes. Je n'ai pas oublié de faire des pizzas « spéciales Léna », sans fromage ! Vous, vous terminez les billes de melon et de pastèque et je vous ai préparé des petits pots de glace. Comme ça, vous n'aurez qu'à picorer votre dîner.

– Trop bien, mon Papa chéri ! le remercie Julie.

Sami, par l'odeur de pizzas alléché, pointe le bout de son nez.

– Miam ! Je peux goûter ?

– Pas touche la mouche ! le met en garde Julie. Ce n'est pas pour toi, c'est MA pyjama party et elle est strictement réservée aux filles !

Mais Papa, qui a préparé quelques surprises top secrètes, rassure Sami :

– Fais-moi confiance, il n'y a pas que ces demoiselles qui auront leur pyjama party… chuchote-t-il.

Vite, vite, Ashna et Églantine vont bientôt arriver !

Julie enfile à la hâte son nouveau pyjama licorne, pendant que Léna se métamorphose en une ravissante souris grise et mauve.

– Tu es trop chouette ! admire Julie.

– Je ne suis pas une chouette, je suis une souris !

Et regarde ma queue ! C'est hyper rigolo ! ajoute Léna.

Julie, Léna et Sami n'en peuvent plus d'attendre ! Ils guettent l'arrivée d'Ashna et d'Églantine.

– Les voilà, les voilà ! s'écrient Julie et Léna.

– C'est le défilé des animaux ! s'exclame Sami hilare.

– Ne l'écoutez pas, Mesdemoiselles, vous êtes ravissantes ! les salue Maman, admirative.

Les filles installent précautionneusement leur dîner. Sami leur donne un petit coup de main.

– Maintenant, mon Sami, explique Julie, il est temps de nous laisser. La pyjama party spéciale filles va commencer.

– Ça mérite tout de même un petit bisou de remerciement, suggère Ashna.

Rose de confusion, Sami s'éclipse en tournant les talons.

– Viens, mon chien ! marmonne-t-il, puisqu'on ne veut pas de nous ici…

Papa n'a pas menti, pour leur propre pyjama party, il a préparé des plateaux télés ! Oups, Maman vient de faire une tache de sauce tomate sur son pyjama en soie rose.

– Ce n'est pas grave, dit-elle, je suis tellement heureuse de vous avoir pour moi toute seule.

De bonheur, Sami en oublierait presque les filles et leurs petites cachotteries.

Mais tout à coup un cri retentit...

Hiiiiii

Sami se précipite vers la chambre des filles.

– On peut vous aider ? demande-t-il timidement à travers la porte entrouverte.

– Euh, ce n'est rien, balbutie Églantine, juste un peu d'eau renversée… et elle s'esclaffe.

– N'en profite pas pour rentrer dans ma chambre ! lui rappelle Julie.

– Euh… c'est quand même aussi ma chambre, je te ferais dire, marmonne Sami en tournant les talons.

À sa manière un peu particulière, Sami tente de rassurer Papa et Maman :

– Elles ont renversé leurs bouteilles, elles disent des gros mots et, en plus, elles rient, elles rient …

– Comme des fo-folles… conclut Papa. Bon, ne laissons pas quelques débordements gâcher notre soirée, regardons un film comme au cinéma avec…

– Des pops corns ! s'écrie Sami.

Papa tu es le plus super des papas !

Pendant ce temps, les filles ont entamé une partie de jeu de la statue.

– Il faut rester immobile comme une statue quand la musique s'arrête, ok ? Celle qui perd a un gage, propose Léna.

Je m'occupe de la musique.

Mais Léna est malicieuse, tantôt elle fait durer la musique longtemps, tantôt elle l'arrête toutes les deux secondes. Ashna s'en sort très bien, Églantine pas mal, mais Julie finit par perdre l'équilibre et patatras, c'est le gage !

ET JE COUPE LE SON !

Alors les filles suivent Julie en cortège pour s'assurer qu'elle exécute bien son gage sans tricher : faire le tour de l'appartement à cloche-pied.

– Excusez-nous du dérangement ! s'esclaffent les filles en passant.

– Vite, à boire ! Je crève de chaud dans cette combinaison, s’écrie Julie toute essoufflée.

– Courage, c’est presque fini ! s’esclaffent les trois amies.

Enfin, un peu de calme pour se remettre de tels efforts ! Dehors, il fait maintenant nuit noire.

– Éteignons les lumières, propose Julie.

– J'ai une surprise pour vous, dit Ashna, je vous ai apporté des bracelets fluorescents…

Que c'est beau, soudain ! Des poignets et des chevilles, les filles brillent de mille feux ! On dirait de vraies petites fées…

« Et patati… et moi je trouve Mathieu plus beau… n’importe quoi !… et patata… et vous avez vu les baskets de la maîtresse… elles sont trop belles… j’aimerais bien avoir les mêmes… et patati… et patata… » Peu à peu, la conversation se transforme en murmure. Un petit chuchoti par ci, un petit chuchota par là. Églantine s’est endormie, Léna aussi. Il est si tard…

– C’est bizarre que Papa et Maman ne viennent pas nous faire un bisou ? s’étonne Julie.

VAMPIRES

Et quelle n'est pas sa surprise quand elle arrive dans le salon de trouver Papa, Maman et Sami qui dorment à poings fermés. Tobi, lui, ronfle comme un sonneur ou plutôt comme un sanglier… Julie essaie de les réveiller, mais rien n'y fait, ils dorment trop profondément. Elle éteint la télé et part se coucher en murmurant :

– Des deux pyjamas partys,
c'est moi qui ai tenu le plus
longtemps
éveillée !

As-tu bien compris l'histoire ?

1. Pourquoi Sami n'a-t-il pas le droit de participer ?

2. Combien de copines Julie a-t-elle invité ?

3. Décris le pyjama de Léna.

4. Qu'est-ce que Ashna a apporté ?

5. Qui s'endort en dernier ?

Et toi, qu'en penses-tu ?

Es-tu déjà allé(e) à une pyjama party ?

À quels jeux avez-vous joué ?

À quelle heure t'es-tu endormi(e) ?

Comment est ton pyjama préféré ?

Qui inviterais-tu si tu faisais une pyjama party ?

As-tu lu tous les Sami et Julie ?

Niveau 1

Début de CP

Niveau 2

Milieu de CP

Niveau 3

Fin de CP

Niveau CE1

hachette ÉDUCATION